无敌钥匙奶奶：典藏版 . 第二季

钥匙奶奶和“另一个我”

[日] 手岛悠介 著
[日] 冈本飒子 绘
林少华 译

人民东方出版传
People's Oriental Publishing & M
東方出版社
The Oriental Press

图字：01-2023-2519号

图书在版编目（CIP）数据

无敌钥匙奶奶：典藏版．第二季．钥匙奶奶和“另一个我”/（日）手岛悠介著；（日）冈本飒子绘；林少华译．—北京：东方出版社，2023.10
ISBN 978-7-5207-3556-8

Ⅰ.①无…　Ⅱ.①手…②冈…③林…　Ⅲ.①童话—日本—现代　Ⅳ.①I313.88

中国国家版本馆 CIP 数据核字（2023）第 127502 号

无敌钥匙奶奶：典藏版．第二季
（WUDI YAOSHI NAINAI: DIANCANGBAN. DI-ER JI）

作　　者：［日］手岛悠介
绘　　者：［日］冈本飒子
译　　者：林少华
策 划 人：黄　娟
责任编辑：潘朵朵
责任审校：曾庆全　孟昭勤
出　　版：东方出版社
发　　行：人民东方出版传媒有限公司
地　　址：北京市东城区朝阳门内大街 166 号
邮　　编：100010
印　　刷：北京文昌阁彩色印刷有限责任公司
版　　次：2023 年 10 月第 1 版
印　　次：2023 年 10 月第 1 次印刷
开　　本：880 毫米 ×1230 毫米　1/32
印　　张：35.5
字　　数：200 千字
书　　号：ISBN 978-7-5207-3556-8
定　　价：240.00 元（全 10 册）
发行电话：（010）85924663　85924644　85924641

译 序

这套“无敌钥匙奶奶”系列故事，是写给小学生，尤其是低年级小学生的课外读物。一套十本。除了“钥匙奶奶”，每本出场的小学生和老师等人的名字各不相同，故事也不一样。因此，既可以作为系列故事阅读，又可视为各个相对独立的故事。

故事有很强的现实性，几乎每本都围绕儿童成长过程中时常遇到的一个问题展开。比如本来学习数一数二的孩子考试突然考了“35分”时应该怎么办？受到老师意外严厉的不公平的批评时应该怎么办？被同学误会了而自己又很难解释时应该怎么办？遇到个别同学对刚来的转学生或者外国学生不够友好时自己应该怎么办？爸爸妈妈因为工作忙而无法给自己办生日庆祝会时应该怎么办？同学患病的弟弟相信世界上真有圣诞老人并且想在平安夜见圣诞老人时自己应该怎么办？自己养的宠物狗被坏人拐跑时应该怎么办？去外国旅行时碰上莫名其妙或者感到害怕的场景时应该怎么办?

也就是说，这十本书关乎学习，关乎爱心，关乎勇气，关乎友谊，关乎同学之间的交往，关乎师生之间的关系，关乎求知欲、好奇心和想象力，也关乎亲子之间的理解和情感。对此，书中不仅提出了令人心悦诚服的解决方案，而且故事本身不落俗套，十分引人入胜。作者以敏锐的感觉、轻灵的笔触、温馨的情思刻画出了一个个善良勇敢、蓬勃向上、生动可爱的男孩儿女孩儿形象，为儿童的成长提供了许多有益的启示。

与此同时，“无敌钥匙奶奶”系列故事还有明显的童话元素。这集中体现在“钥匙奶奶”身上。她无所不能，来去无踪，总是在“钥匙孩儿”（因父母上班不在家而自己带钥匙的孩子）最需要帮助的时候忽然出现，又忽然消失。对于孩子——当然包括非“钥匙孩儿”——钥匙奶奶既是奶奶，又是妈妈、姥姥以至所有关心下一代的成年人的化身。她慈祥、坦诚、机智、幽默，不仅在现实生活中为孩子们排忧解难，而且以丰富的知识和阅历在思想品德上言传身教，告诉孩子如何做人，激发孩子的求知欲和想象力。前面说了，钥匙奶奶是唯一贯穿十本书的主人公。她像黄昏时分绚丽的夕晖，照得每个孩子发出动人的光彩，又像夜半旅途远方的灯火，引导孩子迈出坚实的脚步。

在这个意义上，这套书可以说是非童话体裁的童话，是极具日常现实性的童话。

曾几何时，童话字里行间静静流淌的小溪，滋润着你心间刚刚萌发的幼苗；童话纸页闪烁的点点银星，引发过你无边的遐思和幻想。而同时激起的初心和人生图像，无疑是你一生最可宝贵的精神财富。而现在，网络上的图像和视频在很大程度上消解或固化了童话催生的内心视像，限制了跳跃性思维的生成和发展。

跳跃性思维关乎悟性。什么是天才，天才就是悟性好的人。即使在这个意义上，也要回归童话，回归文字阅读。说绝对些，没有文字阅读，就没有童话。

文字阅读，当然要阅读好的文字。尤其是儿童，更要阅读好的文字。这是因为，儿童的语感、语言感受力十分稚嫩、敏感和脆弱。如果经常接触不适当的语言文字，势必影响儿童语感的萌发和形成，进而影响对于语言文字的审美感觉。也就是说，语感关乎美感，而美感关乎幸福感。幸福从何而来？无须说，在温饱不成问题的前提下，更多地来自日常性审美感受和审美能力。而语言文字审美占了其中很大一部分，甚至是其他审美感受的基础。

举两个最简单的例子。早上出门碰上好天气时，想起“天朗气清，惠风和畅”的人相比于想不起来的人，肯定要高一个审美层次。同样，看见一轮明月，想起“明月几时有”，看见晚霞，想起“落霞与孤鹜齐飞”的人，肯定比想不起来或者无动于衷的人多几分幸福感。正是在这个意义上，我曾说如果一个人不懂宋词之美，那可真是赔大了、损失大了——那等于主动放弃了几乎不用花钱就能得到的幸福感、“不劳而获”的幸福感！

然而必须说，现在的儿童读物、儿童文学，好的文字、好的语言似乎不是很多。至少我接触的翻译作品，情况大体如此。可能有不算很少的作者、译者觉得反正是给小孩子看的玩意儿，何必那么较真儿！而我认为，大人看的东西倒也罢了，而给儿童看的，必须较真儿，怎么较真儿都不为过。正是出于这样的认识、这样的使命感——请别怪我狂妄——我接受了东方出版社的翻译邀请，七十岁的我得以“冒充”七八岁、十来岁的儿童来翻译这十本书。这让我重拾童心，重回童年少年岁月，那真是一种妙不可言的幸福感。

但愿无数小读者在读的过程中，也会获得妙不可言的别样幸福感。我期待着！

二〇二三年于乡间书屋

时九台秋高气爽花果飘香

（林少华，文学翻译家，散文家，学者，中国海洋大学教授。祖籍山东蓬莱，1952年生于吉林九台。毕业于吉林大学研究生院。曾任教于暨南大学、长崎县立大学，亦曾在东京大学从事学术研究。著有《落花之美》《为了灵魂的自由》《乡愁与良知》《高墙与鸡蛋》《雨夜灯》《异乡人》《小孤独》《林少华看村上：从〈挪威的森林〉到〈刺杀骑士团长〉》《言之无文行而不远》《林少华的文学课》。译有《挪威的森林》《海边的卡夫卡》《奇鸟行状录》《刺杀骑士团长》等村上春树系列作品，以及《心》《我是猫》《罗生门》《雪国》《金阁寺》《失乐园》《在世界中心呼唤爱》等日本名家作品凡一百余部，广为流布，影响深远。2018年以其杰出的翻译成就和对中日文化交流的贡献获日本“外务大臣奖表彰奖”。）

目录

有苦说不出

35分这一数字在真一的脑袋里一圈圈旋转不休。

35　35　35　35　35　35　35

天空灰蒙蒙阴沉沉的，好像要劈头盖脸压下来。放学回家路上，真一的脚步分外沉重。

为什么算术考试只得35分呢？这么低的分数可是头一次！啊，怕是要被妈妈训斥一顿了。

哦？这个分数，岂不是跟《不可思议的钥匙奶奶》里的广一完全一样？

可是，即使同是35分、同是三年级，大野田真一君和广一君也不一样：真一从一年级开始学习就好，在班上不是第一就是第二，而且不是广一那样的钥匙孩儿。

真一在心里哀叹一声。啊，这样的成绩，恨不得把试卷一把撕了！

……直到考试前一天自己还因为流感，气喘吁吁，高烧不退，四天没有上学。都怪这场感冒！妈妈也会理解的。

真一像乌龟似的一步一挪回到家里。

但感冒这件事在母亲这里并不成其为理由。看了分数后的母亲，蜻蜓眼镜后面的眼珠仿佛变成了食肉性霸王龙的眼珠。

“你把感冒当理由，这是想用感冒蒙混过关吗？妈妈可没生出这么差的孩子，只得35分！”

那么，真一是怎样的母亲生的呢？

“阿真，这道文章分析题，不是早就在补习班学过了吗？怎么得这个分数？啊——，妈妈都不好意思了，没脸见老师了！”

妈妈真过分！如果真一这么想倒也罢了，但真一从上幼儿园开始，就总是像一种什么金鱼似的抓着妈妈裙子不放，绝对是一个乖孩子。

嗯，是得加油才行，不能怪感冒发烧！真一活像乖孩子样品，默默低头不语。

“阿真，你在听吗？”

妈妈的抱怨没完没了，这使他彻底没了自信。

万一下次再拿低分可怎么办？我从来就不是差生。明天的单杠也没准儿会失手，跳绳也可能跳不利索……

“阿真，补习班要迟到了，快去！”

这回是命令。

可怜的真一再也忍不住了，抽抽搭搭哭了出来。也难怪，放学回来还一块面包、一口橙汁都没进肚呢。

但真一这样说道：“对不起，我这就去补习班。”

真一是多么难得的孩子啊！

“钥匙小子”再登场

真一背起书包，沿着滨海大道走去。过了昭和桥就是隧道，启明补习班就在那附近。

海面刮来的冷风越来越紧，在耳边呼啸而过。天空越来越暗，看样子就要下雪了。

不想上什么补习班啊！

冒出“不想上”这个念头，这还是生来头一次，真一自己都吃了一惊。

“管它什么补习班！”

真一第一次涌起奇妙的勇气。

他走下昭和桥旁边的石阶，来到海滩上。汹涌的海浪像霸王龙一样龇着白亮亮的獠牙。

可是，真不去了？现在去还来得及。

真一胸口怦怦直跳，勇气消失了大半。

忽然有人说话：“真一君，冷吧？”

真一回头一看，一个年龄和自己差不多的陌生男孩儿，笑着站在那里。他的黑色斗篷随风飘飘忽忽。

这是谁呢？怎么会知道我的名字？

真一战战兢兢地盯视着对方。

那孩子一见如故似的伸出空着的手。

“我嘛，真一君，我是钥匙奶奶的孙子——钥匙小子。你没听说过我？”

“钥匙奶奶的孙子……？”

“正是。知道你心里空落落的，钥匙奶奶就派我来找你。喏，你不是不想去补习班吗？是不是？”

男孩儿一下子堆起笑容。

不错。这个奇怪的孩子是《写给钥匙奶奶的密信》里面出现的那个钥匙小子。

钥匙小子兴致勃勃地继续说道：

“补习班那玩意儿，不想去的话不去也无所谓！别愁眉苦脸的，要高兴起来才行。35 分又怎么了？人生长着呢！就算是零分，也能好端端长大成人，没什么好难为情的。”

这是鼓励的话不成？

这孩子心思不正常，又格外时髦。头发用发油抹得油光光的，穿一条黑色马裤、一双褐色长靴，斗篷的领口闪出鲜红的蝴蝶结。

“真一君够可怜的，就连去游乐中心玩耍，母亲都不允许，本来你是那么想去。不过，我嘛……”

男孩儿再次堆起笑容：

“你衣服内侧口袋里，有什么闪出来了。”

“哦？我的口袋？”

真一惊讶地按住羽绒夹克那个部位。

那里有应急用的电话卡和1000日元纸钞[①]。

---

① 译者注：1万日元约等于519元人民币。

“跟你说，用那个钱在站前游乐中心玩玩怎么样？游玩心和撒尿尿，哪一个忍着都不利于健康的哟！”

真一边后退边心想：这是个坏孩子。说什么是钥匙奶奶的孙子，肯定是说谎。快逃！

真一一溜烟跑了起来。

在海滩上很不好跑，但他还是跑得很快，跑到桥头回头一看，钥匙小子不知去了哪里，早已无影无踪。

真一舒了口气。

可往下如何是好呢？身上已冻彻骨髓。这么冷的海滩，一分钟也不能多待。

长长一声叹息从他哆哆嗦嗦、颜色发紫的嘴唇里吐了出来。

啊——，该往哪里去呢？

本以为足够开心的“逃学”，一旦落实起来，却像是一件很苦很苦的差事。

游乐中心

不可思议的“另一个我”

真一站在站前照相馆前。

似乎给钥匙小子说中了，照相馆旁边确实有一家大型游乐中心。

哦？“游玩心和撒尿尿”果然难以忍耐，真一不由得往游乐中心窥看。

他听到了热火朝天的音乐声，看见了正在游玩的孩子们。

有怪兽出现的“打鼹鼠”游戏，一个看上去是五年级的男生正玩得如醉如痴；有初中生在射击游戏中用激光枪和机械人展开激战；有男孩儿瘪着嘴，操控着夹娃娃机的摇杆，操纵起重机，想方设法用机器的长臂抓取动物玩偶。

啊，我也想一试身手……

真一捏住衣袋里的 1000 日元钞票，情不自禁地走进门去。

里面有个男孩儿正在玩开赛车游戏。

真一看了大吃一惊，脸色转青，脑袋发蒙。实在难以置信！

此刻，弄错方向盘、使得车头

“咔”一声狠狠撞在墙上的男孩儿，竟然和自己一模一样……不，岂止一模一样，简直就是自己本人——真一本人！

大大的眼睛，圆圆的鼻头，小小的嘴巴，以及调皮的头发……

身上的羽绒夹克也好、毛衣也好、袜子和网球鞋也好，甚至脚旁放的绿色背包，也统统和自己的一个模样。

难道会有这样的事？这个世上居然真有一个像是镜子里面的真一。

我、我……另一个我在玩游戏！

真一心惊肉跳地观察这“另一个我”。只见他忘乎所以地驾驶着游戏赛车。

真一有次在书上看到“幽体离脱”这种不可思议的现象。

灵魂离开人的身体，飘上天空静静俯视自己——书上说，这世上是存在这种奇异的心灵现象的。“幽体”就是灵魂。“幽”好像有些吓人，就是幽灵的“幽”。

那么，莫非“我”正在注视自己的灵魂——我的“幽体”？

真一双手捂着两只耳朵，使劲儿扯了扯。

好疼！“我”是活着的我，不是什么“幽体”！这一来，那个家伙——仍在向游戏机投硬币的家伙，就是我的“幽体”喽？

真一从游乐中心的角落目不转睛地看着“另一个我”。那或许是真一“幽体”的孩子又一次拐错弯，“咔嚓”，撞在桥梁上。

真一在心里嘀咕：差劲儿啊，这家伙！这家伙难道是作为想一玩为快的我的“幽体”来这种地方玩的吗？……不不，这种事绝不会发生！

尽管如此，真一还是体味到一种莫名其妙的心情，觉得就好像正和“另一个我”一起手握方向盘享受赛车的刺激性。

速度快过头了哟！喂喂，拐角！要踩一下减速板！……啊——，又撞上了！

不久，游戏以惨不忍睹的成绩收场了。“另一个我”咂一下舌头，手提背包站起身来。

为了不被看见，真一把脸转到一

旁。“另一个我”好像没有察觉真一。

两个一模一样的男孩儿相距不到三米，若有人注意到，想必大吃一惊。但是，游乐中心的孩子全都沉浸在自己的游戏之中，谁也没注意两个“真一”。

“另一个我”从自动玻璃门走到外面。

大概往家走了。跟住他！真一竖起羽绒夹克领子，掩住脸，出门跟在“另一个我”后面。

不觉之间，下起雪来。

路灯隐隐约约地亮了，“另一个我”在黄昏时分飘着小雪的商业街上慢慢走着。

飘个不停的雪花，正好把跟在“自己”后面的奇妙的“侦探”掩护起来。

片刻，“另一个我”走进通往后街的杳无人影的黑幽幽的小路。

这是一条去自家方向的近路。那家伙要回哪里呢？……话说回来，自己可是得撒尿尿了哟！

为了不跟丢“另一个自己”，真一尿都不敢撒，一直忍着。

那家伙要去我家！

忽然，“另一个我”站住了，站在葱地旁的枸橘树篱的前面。真一慌忙躲在电线杆后面。偷偷看去，“另一个我”开始往雪地上撒尿。

那家伙竟然在这种地方撒尿！要被警察训斥的！啊，本来我也很想很想……

往雪地上撒尿——这场景似曾相识，总觉得不可思议的钥匙奶奶像要突然出现似的[1]。

---

① 编者注：《不可思议的钥匙奶奶》中出现过类似的情节。

而再看时，“另一个我”已经重新起步，慢慢拐过树篱的拐角。

到底是要去我家！

不料，“另一个我”的身影像魔术师的扑克牌一样从小路上消失了。

真一吃了一惊，把眼睛瞪得像盘子似的一个劲儿东张西望。

可是，不知去了哪里，“另一个我”——仿佛真一“幽体”的男孩，一下子无影无踪。

不见了，去哪里了？我的“幽体”?!

——真一像是给狐狸迷住了似的，

带着苍白的脸色恍恍惚惚回到家里。

“补习班怎么样？吃炖牛肉吗？”

真一对妈妈的话充耳不闻，走进自己房间，脱下湿乎乎的羽绒夹克时，忽然想起内侧衣袋里的钱。

伸手一摸，他心里“咯噔”一下。

奇怪啊，里边装的是百元硬币！

掏出来的是四枚100日元的硬币，本应有的1000日元钞票却不翼而飞。

少了600日元。那家伙、是那家伙！那家伙用我的钱在游乐中心玩来着。不过且慢！这么说，那家伙现在……？

歪头沉思之间，真一恍然大悟，脸色顿时青了。

肯定是那家伙返回了我的身体！因为我现在不是一点儿也不想撒尿了吗？！

“另一个我”闯祸了！

第二天放学回家路上，真一再次发现像是自己“幽体”的男孩儿。

平时上学放学走的河边路上，昨天下的雪早已融化——独自走着的真一发觉走在前面的两个男孩儿，心头猛然一震。

一个毫无疑问是“另一个我”，背着和真一同样的书包，穿着和真一同样的衣服。

和“另一个我”并肩行走的，是那个黑斗篷钥匙小子。真一就好像被痛打一顿，深受震动。

原来他俩互相认识。要去哪里？

阴云密布的天空下，“幽体”和钥匙小子边走边说着什么，样子十分亲密。

跟上去！

两人踢着小石子，时而笑嘻嘻停住不动，时而慢悠悠迈动脚步。为了不被两人发现，真一一路小心翼翼，一会儿从电线杆跑去招牌后面，一会儿紧紧贴在柳树干上——他以接受隐身训练般的姿势尾随不舍。

来到樱桥繁忙的十字路口。

“另一个我”和钥匙小子跑步穿过国道到了对面。

好，等下一个绿灯亮再追！

可是，好几辆公共汽车和大卡车从眼前通过，挡得真一看不见对面人行道了。信号灯终于变绿的时候，对面人行道早已没了两人的身影。

去哪边了呢？不会是大海那边，应该是火车站那边，必是游乐中心无疑。OK，先回家，放下书包再追好了！

从这里回家，穿过樱桥公园是近路。

真一“唰”一下子背正书包，脚步匆匆往公园走去。

哦？他不由得停住脚步。

那家伙——“另一个我”——站在网球场旁边，面对名叫阿勉的低年级同学，像摔跤手一样恶狠狠耸起双肩。

钥匙小子不见了。阿勉身旁倒着一辆儿童用自行车。

真一迅速躲进树丛蹲下。

“另一个我”疾言厉色地说：

“阿勉，你怎么可以那样说话！”

声音粗重，真一觉得自己无论如何也好像发不出来。

阿勉认真地反驳说：

“可问题是阿真你按住了我的自行车，不是吗？我想走也走不了，蛮不讲理！”

真一心想，阿勉也看透那家伙了！

“另一个我”说：

“我按住自行车，是因为你撞过来了！还说我‘混账’，是吧？”

“哼，我说你‘混账’，不是因为

你大声吼我了吗？你有来言我有去语嘛！”阿勉噘起嘴来。

阿勉虽是二年级，但他就像“搞笑节目”里的演员一样能说会道，有一种谁都不放在眼里的傲慢劲头儿。

可也奇怪啊，“另一个我”和阿勉之间，在这里发生什么了呢？真一突然明白了。

阿勉快速地骑着自行车过来，险些撞上“另一个我”。

“另一个我”说“小心点儿！”。阿勉回了一句“混账！”，说罢要走。于是心头火起的“另一个我”按住阿勉自行车的把手。两人正争吵时，真一赶了过来。

可我为什么明白两人争吵的原因呢？真一很是费解。

“少啰唆！”

“另一个我”一拳打在阿勉头上，“砰”！

“混账！笨蛋！”阿勉横眉立目。

“什么？再说一遍试试！”

“另一个我”又“砰”一声，拳头落在阿勉头上。

“多少遍都要说！坏蛋！欺负人！暴力团[1]！……”

“你说什么？！”

“另一个我”将阿勉一把推倒。

倒地的阿勉像着火一样哭叫起来。

不许欺负人！真一心想，并且不由自主地从杜鹃花树丛中一跃而起：

“住手！”

“另一个我”被突然出现的真一惊得目瞪口呆，一动不动地盯视真一，

---

① 编者注：对日本黑社会组织的一种称呼。

就差没把真一盯出洞来。

真一也狠狠盯视“另一个我”，简直就像自己整个照在一面大镜子里。

“另一个我”以屏住呼吸般的声音说：“你，你是谁？”

真一一边让自己镇定下来，一边说道：“我正要问你是谁？不许欺负人！”

“欺负人？！”

“另一个我”脸色变了。

这时响起阿勉的声音：“我要告诉妈妈。这事没完！”

阿勉瞪了真一一眼，跨上自行车飞一样离开。

真一把目光从阿勉身上撤回，不料“另一个我”没有了，消失了。

没有了……哪里也没有！那家伙又消失了。那家伙……那家伙到底是什么东西？！

破罐子破摔

回到家，妈妈的“审问”严阵以待。

真一满脑袋都是“另一个我”，忘记阿勉说的“我要告诉妈妈”。真一在餐厅里听到的妈妈的开头第一句话是这样的：“阿勉的妈妈来电话了。你欺负阿勉了？！”

妈妈的额头上仿佛生出霸王龙那样的尖尖角。

“我、我没做那种事！”

真一虽然不知所措，但还是一口否定。

“阿勉的妈妈说，阿勉在樱桥公园被你粗声大气地训了一通，还被一把推倒在地，哭了。你为什么做这种事？”

“我不是说我没做吗！”

真一眼睛里浮现出惶恐不安的神色。

问题是，不管怎么否定，“另一个我”打了阿勉是事实。可怎么对妈妈说呢？就算如实说了妈妈也不会相信。

“你的表情可是说谎的表情哟！你确实欺负人家了吧？”

妈妈的火药桶即将爆炸。

“我没有欺负什么人！真没有！相信我！”

“你这小子……”

食肉恐龙般的眼睛闪闪逼人。

“不承认自己做的事？老实回答！竟敢撒这么大的谎……你、你居然是这样的孩子！”

“昨天你算术考试拿35分回来，今天又把低年级同学欺负哭了。你到底怎么了？再不老实回答，看我怎么收拾你！”

“没欺负人！真的！相信我！”

无论如何都只能这么说。

“阿真！”妈妈的声音提高八度。

“再不能原谅你！你这样的撒谎鬼，不是我们的孩子！你喜欢去哪儿就去哪儿好了！”

真一想这回只能说真话了。必须保护“小野田真一”的名誉。

“那、我就说！我说实话，你可得信哟！欺负阿勉的，不是我。欺负阿勉的，是‘另一个我’！”

“哦？‘另一个我’……？！”

“不是说谎，出现一个和我一模一样的‘另一个我’，是那家伙胡作非为！”

“你说什么？你说除了自己以外有另一个自己——是‘另一个我’欺负阿勉？”

“一点儿不错！不是我欺负的，绝对不是！”

妈妈的声音又一次提高八度，大得像雷龙一样。

“喏，瞧你编的什么理由！你是要像科幻漫画那样制造另一个自己，让他来代自己受过？你真想那样？”

不管怎么说都无法证明自己的无辜。

真一紧紧咬住嘴唇，说出意想不到的话来：

“啊——，是我欺负的！这么说你就气消了吧？阿勉骑自行车冲撞过来，我提醒他小心，他说我‘混账’。于是发生口角，我把他打了，‘砰砰砰’一下接一下，还把他推倒在地。这回可以了吧？”

妈妈吃了一惊，像看陌生的孩子

似的一动不动地看着真一。

“真一，你真是真一？妈妈害怕了。你完全变了。你真是阿真不成？！诚实的阿真去哪里了呢？”

真一想起“另一个我”。

那个欺负人的家伙！我饶不了那

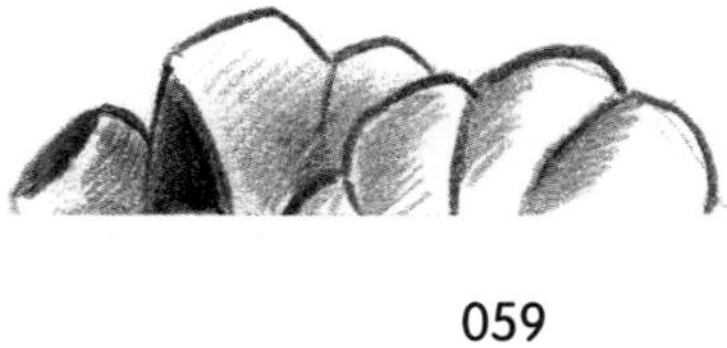

个家伙！

“阿真，去哪儿？等等，把话说完！”

妈妈追了出来。真一甩开她从门口逃到外面。

连环画剧——《认识你自己》

不知什么时候下起了雪，雪花像花瓣一样飘飘忽忽落在大街小巷。真一冻得鼻子尖都红了，一边吐着白气，一边漫无目标地走个不停。

那家伙……那个混蛋！跑去哪里了？因为那家伙，欺负人的罪名落到自己头上……

啊，讨厌的事都是从那个35分开始的。我再也不是学习好的孩子了。

学校那个鬼地方，讨厌死了。妈妈也实在过分！我才不回那个家呢！啊，真想跑去天涯海角！

真一开始破罐子破摔。可是，这样的雪夜，又没有钱，能去哪里呢？

针扎般的寒冷让他的鼻子耳朵险些冻掉。插在衣袋里的双手的指尖都冻僵了，一下一下作痛。

白亮亮光闪闪越下越紧的雪。垂头丧气在街头徘徊的真一。这种时候才好像正是钥匙奶奶出场的时候。

正想着，果然有声音招呼自己：

“真一君？这是打算来个北极探险？冻得哆哆嗦嗦，要往哪儿去？”

真一回头一看，打着粉色伞的钥匙奶奶满面笑容。

“钥匙奶奶，肯听我说吗？”

真一求救似的发出沙哑的声音。

“我都知道了，真一君。喝点热东西暖和暖和身子。肚子也饿了吧？这条街上有一家别有风味的餐馆。好了，跟我来！”

现实就是现实。给钥匙奶奶这么一说，真一的肚子“咕——”叫了一声。

回想起来，除了学校免费的午餐，他还什么都没吃。

只在商业街上走了 30 米——仅仅 30 米——就来到一家餐馆。

招牌上写有“希腊风味柏拉图”。窗口灯光熄了，看样子已经打烊。

钥匙奶奶从黑手提袋里掏出一大串钥匙，微微笑着说：

“这家餐馆，休息日允许我自由使用。孩子们好像喜欢我的手艺，所以厨房对我开放的餐馆，有好几家呢！”

开门进去，钥匙奶奶打开电灯，

狭小而有品位的餐馆顿时大放光明。这家餐馆有些像美术馆，米洛的维纳斯像和各种坛坛罐罐摆在一起。

钥匙奶奶“噔噔噔”小步走进厨房，换上一身厨师打扮从柜台外探出脸来。

“真一君，我现在以超特快速度做希腊风味的汤，你坐在喜欢的地方等着。很快就能做好，你把脖子伸得像雷龙一样长可不行哟！”

西边红彤彤的太阳落山了，

一只狼看见自己长长的影子。

“啊，我长得多高啊，多好看啊，
身高十米！比狮子还厉害，啃！
我是山大王，没有什么可怕的！”
狼正在得意，肚子瘪瘪的狮子来了：
“这只可爱的狼一定好吃得很！”
狮子张开血盆大口，
一口把得意的狼吃了。

“钥匙奶奶，这歌，好像伊索寓言。”

真一这么一说，钥匙奶奶眼睛睁得圆圆的：“听出来了？了不起！是的，是伊索创作的古希腊的歌。真一君，久等了，这是希腊汤，做好了。”

钥匙奶奶在真一的餐桌上摆上热气腾腾的、一清见底的汤。

“喏，鳕鱼片还在游动呢！这汤嘛，是用白色的鳕鱼肉和鸡蛋做的。要趁冒热气的时候喝下去！”

“谢谢！那么就不客气了。”

钥匙奶奶把饭菜一样接一样端上桌来，多得吃不完。

“这是又甜又软的炸对虾，这是用炭火烤得焦黄焦黄的盐味烤肉。这是蒲公英和黑橄榄沙拉。蒲公英稍稍煮了一下，清香着呢，尝尝！”

此外还有葡萄汁、橄榄油炸的面泡，哪一样量都足足的。

简直是盛宴！真一的肚子早就发出请求：快吃快吃，求求你了！

钥匙奶奶"嗵"一声坐在真一前面的座位上，往红茶里放了一块方糖。

"开吃吧，吃得饱饱的！这炭火烤肉，多淋一些柠檬汁，就更好吃了哟！"

真一切开一块烤肉投进嘴里。香！香极了！差点儿把下巴香掉！

笑眯眯看着真一狼吞虎咽的钥匙奶奶说道："好吃吧？'另一个我'把你搞得饥肠辘辘，多吃多吃！"

真一猛地抬起头来："什么都瞒不

住钥匙奶奶啊！请告诉我，真的有‘另一个我’吗？还有……您是不是有一个叫钥匙小子的孙子？”

钥匙奶奶用温和的眼神盯着真一：

“钥匙小子嘛，是你寂寞的时候钻进你心里的影子似的男孩儿——那样的孙子，钥匙奶奶怎么会有呢？钥匙小子，就是影子男孩儿。那仅仅是幻影。这么想就可以了。”

“那么，‘另一个我’也是幻影了？”真一认真地问。

“这个一会儿再说，先给你看连环

画剧吧。古希腊苏格拉底的故事，和‘另一个我’也有关系。”

钥匙奶奶从黑手提袋里掏出一张大纸，标题叫‘认识你自己’，画的是一个大眼睛大鼻子的男人正在热情演讲。

“这个人叫苏格拉底，被称为古希腊第一聪明的人。‘认识你自己’，意思不是像刚才那只狼那样‘认识自身的分量’，而只是说要老老实实地‘好好认识你本身’。只有这一张纸，你边吃边看好了。”

连环画剧开始了。

很久很久以前，希腊供奉阿波罗的神殿，写有这样一句格言：“认识你自己”。

苏格拉底是热爱“知识（智慧）”的爱智者（哲学家[1]），所以，他始终以此为格言思考“自己是什么？人是什么？好好活着是怎么回事？”。

像是很难啊！

---

① 编者注：哲学家（philosopher）在希腊文中原意为“爱智者”。

真一一边塞了满满一嘴香喷喷的烤肉，一边定定注视苏格拉底满脸胡须的脸。

苏格拉底在雅典街头转来转去，和每一个被认为聪明的人一问一答。

但是，被认为聪明的人没办法回答苏格拉底的提问：“自己是什么？好好活着是怎么回事？”

苏格拉底对那些人说：

“你本来一无所知，却坚信自己无所不知。相比之下，我至少知道自己一无

所知。假如我是聪明的，那想必是因为

我知道自己的一无所知。”

“真一君，连环画剧这就完了。”

“哦，这就完了？”

真一吃了一惊。有这么奇怪的连环画剧？

钥匙奶奶乐颠颠地说：“仅仅一张纸的连环画剧，在真一君不知不觉之间结束了。不过，往下开始研究‘另一个我’是怎么回事。”

关于“另一个我”的真相

钥匙奶奶神情严肃起来。她说：“不管科学多么发达，人类都弄不明白‘自己’这个东西。苏格拉底说的是真的。

“‘自己是什么？为什么生下来了？为了什么而生？’

“关于‘人生’的问题十分复杂，还没有形成一个约定俗成的回答。人们只能多多学习，彻底思考，分别给出属于自己的回答。”

“钥匙奶奶，这么说，对‘另一个我’一无所知也就是无所不知了？像苏格拉底那样？”

面对真一这个一本正经的提问，钥匙奶奶忍不住笑了起来。

“别着急，真一君。科学虽然无法回答人们的‘人生’问题，但会就‘事物’告诉人们许许多多。关于人的身体的构造，现在也基本弄明白了。所以，真一君，让我们借助科学来一起思考‘另一个我’好了！”

钥匙奶奶津津有味地品了口茶。

“例如，研究心的精神分析学认为‘自己’这个东西是由‘三个自己’构成的：

“一个是本能的、情绪性的、任性的自己；一个是努力遵守社会道德规范和规定的自己；一个是注视任性的自己和努力遵守规定这两个自己的自己。

“这‘三个自己’制造了一个‘自己’。明白了吧？总的说来，你属于第二个‘努力遵守规定的自己’倾向很强的类型。”

听钥匙奶奶这么说，真一眨巴眨巴眼睛。

“即使是研究脑的大脑生理学，也还是把人脑分成三个部分。”

钥匙奶奶拿起一张图。

“这是人脑，是分成三个吧？”

从正中间往外看，“爬行类的脑”“古哺乳类的脑”“新哺乳类的脑”，如此分为三层。每层都画有各种动物。

钥匙奶奶像耐心的理科老师一样继续讲解：“正中间的脑是最古老的脑，本能地发怒、害怕、逞能、争斗……这就是爬行类的脑。”

“哦？爬行类的脑？”

那里画着恐龙、蛇、蜥蜴。真一不由得打了个寒战。人身上居然残留着“爬行类的脑”，让人感觉不快。

“下一个，成为哺乳类之后发达起来的‘古哺乳类的脑’。这个脑负责‘爬行类的脑’同外侧的新脑之间的联系。”

那里画着像是马的祖先、象的祖先、猴的祖先等远古时期的哺乳动物。

新哺乳类的脑
古哺乳类的脑
爬行类的脑

“我不知道有这样的动物！”

“这些都是恐龙灭绝之后的哺乳类动物。这只眼镜猴样的猴子，相当于我们的很远很远的远祖。”

“人是由这么奇形怪状的猴子进化来的？”

钥匙奶奶笑了笑，继续下文：

“在这‘古哺乳类的脑’基础上发达起来的，就是‘新哺乳类的脑’，这是能够思考、记忆和使用工具的脑，也能够克制愤怒和争斗情绪。”

这里画的是海豚、黑猩猩、人。

“虽然有智慧的海豚、大猩猩、黑猩猩具有相当大的‘新哺乳类的脑’，但真正使这个脑发达起来的，不管怎么说都是人——人类。”

“这个新脑产生科学和文化，理想啦、希望啦也从中产生。因此，怕是应该把这个脑特别称为‘人类的脑’。”

“那么，真一君，你把‘三个自己’和这‘三个脑’比较一下，有意思吧？可以说，为所欲为、自以为是的自己，是‘爬行类的脑’的功能。努力守护道德和规范的自己，是‘人类的脑’

的功能。”

“明白了，钥匙奶奶！”真一大声说道，“那家伙……欺负阿勉的家伙是‘爬行类的脑’！‘爬行类的脑’从我的脑袋里变成‘幽体’蹦出来打了阿勉！”

“哎哟哎哟，那么说，岂不是恐龙妖怪了？”

钥匙奶奶禁不住笑了。

“那么，这回该说真一君的‘幽体’了。在大脑的颞（niè）叶有个部位，受到打击后会使意识变得模糊，觉得现实像是梦境似的。

“感觉自己从自己身上离开，在一旁注视着自己的所作所为，这是种不可思议的体验。而脑的血液循环不畅，导致供氧不足，二氧化碳增多，有时也会产生同样的体验。”

“所以，真一君也肯定会有这种情况发生。‘另一个我’的本来面目，就是真一君的脑产生的幻象。”

“是吗，明白了！我……”真一叫喊道，“本来35分就搞得我心里不好受，又给妈妈狠狠训了一顿，所以大受打击。结果现实像是成了梦境，我看见了钥匙小子，又遇见了‘另一个我’。”

之后真一不安地问：

“可是，钥匙奶奶，在游乐中心玩赛车游戏的那个家伙，如果是我的梦境，那么当时是谁在玩呢？无论如何我都觉得是自己在玩！”

“你的心情，我想我是理解的。”

钥匙奶奶朝真一做了个鬼脸。

“但口袋里的1000日元钞票变成了四枚100日元硬币，这又是怎么回事呢？还有，我之前是那么急着撒尿可后来……？”

真一难为情地低下头去。

“你是个习惯遵守规则和规定的孩子，很难原谅玩游戏的自己。因此，对于违背爸爸妈妈的教导而玩游戏的自己，你怎么也不愿认可那样的自己。所以看见了‘那家伙’，不是吗？”

真一以有气无力的声音说：“您说的一点儿不错。我还是欺负了阿勉的。变成‘爬行类的脑’把阿勉一把推倒的，就是我来着。”

钥匙奶奶慈祥地盯视真一说：“真一君，实话实说吧，你确确实实打了阿勉脑袋，不过只打了一下。”

“你为自己打低年级同学感到吃惊，无法相信，于是制造了调皮捣蛋的‘另一个我’，就是这么回事。放心，真一君。”

“还好，我只打了阿勉一下。”

真一如释重负。

“是的。……不过，差不多该回去了，妈妈怕是担心着呢！为了弄清你欺负同学是不是真的，妈妈找阿勉问了。”

“所以不用怕的，不会挨训了，给妈妈看朝气蓬勃的自己！”

在家里焦急地等待自己的妈妈在真一眼前浮现出来。

这时，周围一下子暗了下来。

真一心里一惊，四下看去，原来自己孤零零地站在雪花飞舞的商业街头。

钥匙奶奶在哪儿……？希腊风味餐馆在哪儿……？

真一的舌头上却又有烤肉和柠檬

味儿。耳畔还回响着钥匙奶奶的话：“给妈妈看朝气蓬勃的自己”。而且他一点儿也不觉得冷。

钥匙奶奶，谢谢您！

真一拔腿在雪花中飞奔起来。

妈妈的道歉

家门口站着一个黑乎乎的人影。

“阿真，你可回来了！”

那果然是等待自己回家的妈妈。

“冷吧？快进来！屋子已经弄暖和了。妈妈一直担心你是不是倒在雪地里了，四处找来找去。”妈妈把真一紧紧搂在怀里，领进餐厅。

“阿真，妈妈反省来着。昨天的事、今天的事，话都跟你说重了……

对不起啊！”

妈妈的眼睛湿润了。

真一在心里叫道：

“妈妈的‘爬行类的脑’变成‘人类的脑’了！”

妈妈拉起真一的手说：

“算术考试，那的确像你说的，是流感的关系。发烧发到那个程度，可妈妈还那么训你，是妈妈不好。”

真一在心里小声嘀咕：

“妈妈现在把我的35分算在感冒头上了哟，不愿意承认我是学习差劲儿的孩子。这样的话，妈妈到底还是‘教育妈妈’，妈妈的脑也许仍是‘古哺乳类的脑’——和那只眼镜猴差不多……”

妈妈继续反省：

“还有，阿真，妈妈去了阿勉家，从阿勉那里听到了真实情况，一切都明白了。不对的好像是阿勉一方。”

“骑自行车险些撞上你，你提醒一句，阿勉却说你‘混账’，所以你不由得打了阿勉的脑袋，只打了一下。”

“尽管只是这样，阿勉还是真真假假向他妈妈说了好多，把阿真说成坏孩子。”

“结果，阿勉的妈妈也好、我也好，完全信了阿勉的话。啊，妈妈太傻了。阿真，原谅妈妈……”

真一大为尴尬：“妈妈，没什么原谅不原谅的。我也让妈妈担惊受怕了，是我不好，我要道歉。”

“听你这样说妈妈真高兴啊，阿真。今晚做了好喝的鸡蛋汤，还有营养多多的烤肉。爸爸也马上回来，放开肚皮吃！”

鸡蛋汤、烤肉……？！

真一心头一震。

嘴里还留有钥匙奶奶做的希腊风味餐的香味儿，肚子还圆鼓鼓的，再也吃不下什么了。

他在心中哀叹：为了妈妈非吃不可吗？啊——，请问脑袋里的“人类的脑”：我该如何是好？

看来无论什么时候，真一都是“乖孩子”啊！

后 记

这回书里出现了难懂的精神分析学、大脑生理学话题，大家觉得如何？

钥匙奶奶做了十分浅显的解释，各位读者想必明白了。

脑的话题得益于《感情的生理学——“心”的构造》（高田明和著，日经科学社发行），在此表示感谢。作为读者的我，因此得知美国的波尔·马克林把脑分为“爬行类、古哺乳类、新哺乳类”三部分，同时得知“边缘系统的脑（古哺乳类脑）是天国（新哺乳类脑）和地狱（爬行类脑）的中介者”。

关于脑这三部分，按照精神分析学家弗洛伊德和荣格的说法，人格是以下三种构成的：①依据本能欲望行动的“本我”；②遵循社会规范行动的“超我”；③驾驭这些欲望并使之适应现实而采取行动的“自我”——意识到上面的三部分与这一“自我说”

直接对应，我不禁感到吃惊。

关于心的功能，即使是幼稚的低年级学生也能理解，所以就请钥匙奶奶在这本书中讲解了一番。

作为钥匙奶奶系列的作者，我原本的心愿是这套作品最好能超越前作。但这确实很难做到，因此，连写“后记”也变得困难了起来。真是非常惭愧。

手島悠介